[BIBLIOT]HÈQUE POPULAIRE.

DE L'INFLUENCE
CIVILISATRICE
DU CHANT RELIGIEUX
SUR
LA SOCIÉTÉ.

MAISON DES ORPHELINS,
Allées des Noyers, 26.

BORDEAUX.
1850.

DE L'INFLUENCE

CIVILISATRICE

DU CHANT RELIGIEUX

sur la société (1).

FERDINAND-FRANÇOIS-AUGUSTE DONNET, par la grâce de Dieu et l'autorité du Saint-Siége Apostolique, ARCHEVÊQUE DE BORDEAUX, PRIMAT D'AQUITAINE,

Au Clergé et aux Fidèles de notre Diocèse,

Salut et Bénédiction en Notre-Seigneur Jésus-Christ.

En poursuivant le cours de nos Instructions pastorales, nous continuerons, NOS TRÈS-CHERS FRÈRES, à traiter successivement les points de morale et de discipline qui nous paraîtront les plus utiles et les plus capables de vous intéresser. Nous voulons aujourd'hui vous parler du chant des

(1) Mandement de Mgr l'Archevêque de Bordeaux à l'occasion du carême de 1850.

louanges de Dieu dans les offices de l'Église.

Nous allons chercher à rendre au peuple catholique sa grande voix, à ranimer son élan, à lui donner une pieuse énergie, à replacer sur ses lèvres les chants de triomphe ou de reconnaissance qui embellissaient jadis ses fêtes, qui allégeaient toutes ses douleurs. Nous voulons conjurer nos bien-aimés diocésains, quels que soient leur âge, leur condition, à s'associer, comme dans les siècles de foi, aux cérémonies de l'Église, avec une sainte hardiesse; car le Seigneur, aujourd'hui comme alors, veut être avoué solennellement; et le chant des fidèles réunis est une profession de foi autant qu'une prière.

Nous n'insisterons pas, N. T.-C. F., sur l'importance du sujet de cette Instruction quadragésimale. Nous allons faire, au milieu de vous, ce qu'ont fait avant nous les Hilaire, les Augustin, les Paulin, les Grégoire, les Léon, les Fulbert, les Maurice de Sully, les Bernard, les Thomas d'Aquin, les Gerson, les Benoît XIV (1). Ces

(1) Cantus vocibus unisonis peragatur, et chorus a peritis in cantu ecclesiastico, qui cantus *planus* seu firmus dicitur, rogatur..... Cantus ille est quem ad musicæ artis regulas dirigendum multum laboravit Sanctus Gregorius Magnus.... Cantus ille est qui fidelium animos ad devotionem ex-

Bened. XIV, Encycl. anno 1749.

grands pontifes, ces illustres docteurs ne croyaient pas s'abaisser en enseignant eux-mêmes la psalmodie, l'accentuation, le rhythme, les différents chants consacrés au culte divin; rien ne leur paraissait minutieux de tout ce qui tient à nos vénérables prescriptions liturgiques.

La question du chant religieux est d'ailleurs une de celles qui préoccupent non seulement les hommes de science, mais encore tous ceux qui, par dévouement à la religion, tiennent à lui rendre l'ancienne splendeur que lui avaient créée la foi des peuples et l'active intelligence de ses pasteurs. Il faut nier l'utilité du culte pour le salut des âmes, ou restituer à ce culte toute la dignité, toute la majesté dont il est susceptible. Les yeux des générations nouvelles se sont enfin ouverts sur l'inimitable beauté, sur la magnificence de nos vieilles basiliques; il est temps que nos voix veuillent reprendre les chants aussi purs, aussi majestueux, j'allais dire aussi grandioses que les monuments de piété et de foi dont ils semblaient ébranler les voûtes, aux jours de nos solennités catholiques.

Le chant est aussi ancien que la parole; on peut le définir l'exaltation du langage humain exprimant un certain ordre d'idées et de sensations que, réduite à ses propres ressources, c'est-à-dire humble et prosaique, la parole ne saurait rendre convenablement. Le premier chant qui retentit dans le monde dut être un cantique de reconnaissance et d'amour, une réminiscence, une imitation du ciel, dont les habitants échangent entre eux d'éternelles mélodies; ce qui a fait dire à de graves auteurs que le chant n'est pas d'invention humaine; qu'il a été créé pour adoucir les mœurs, civiliser les nations, leur apprendre à célébrer, dans un concert universel, la gloire du Maître souverain. Aussi la prière commune, qui réunit dans un même accord les voix et les cœurs d'un peuple entier, s'est-elle convertie dans tous les temps en inspirations harmonieuses et sublimes.

Les Hébreux chantaient sur les bords de la Mer Rouge et dans le désert, et la tradition rappelle que J.-C. et les Apôtres louaient le Seigneur dans les hymnes et les psaumes (1). Encore aujourd'hui, s'il est un lieu où la mélodie sache s'inspirer de grandes choses, n'est-ce pas l'enceinte de nos temples, dans laquelle sont fidèlement conservées les vérités qui viennent du ciel?

Notre *Credo* seul est une admirable épopée où l'Église nous raconte les secrets infinis de Dieu et de son éternité, les tristes

(1) De hymnis et psalmis canendis, ipsius Domini et apostolorum habemus documenta, exempla et præcepta, *S. Augustin, Ep. CXIX*, 18.

détails de notre misère, les actes de sa puissance et de son amour. Quels accents de foi, quelles expressions de douleur, quels élans d'espérance dans chacune des paroles du prophète royal! Quelle philosophie, quelle résignation dans le livre de Job! Quel chant de victoire et de triomphe dans le cantique de Moïse! Il n'est pas douteux que la musique accompagnât tous ces textes lyriques. Elisée, pour prophétiser, réclamait ses secours (1); les prophètes ne descendaient de la montagne de Dieu qu'à l'aide de ses accents, et Saül l'invoquait pour calmer son délire (2). Des milliers de chantres célébraient les louanges du Seigneur, soutenus par les instruments que David avait préparés pour cet usage.

La musique religieuse tenait le premier rang dans l'éducation des Hébreux. De l'*Alléluia* chanté dans la synagogue au *Trisagion* entonné dans les catacombes de Rome, il n'y a qu'un point imperceptible, comme celui qui sépare le cantique de Marie, célébrant elle-même ses grandeurs, de l'*Angelus* annoncé trois fois le jour par l'airain béni suspendu au faîte de nos églises. Ne nous étonnons pas dès-lors que les premiers sanctuaires ouverts à la piété fidèles aient retenti la nuit et le jour

(1) *Reg. XVI.*
(2) *IV. Reg. III. 15.*

chants du clergé et du peuple, et que saint Jérôme, témoin d'un pareil enthousiasme, ait comparé le majestueux ensemble de toutes ces voix réunies dans un même accord sous la voûte des temples, au tonnerre qui se prolonge sous la voûte des cieux (1).

Diodore, évêque de Tarse, et Flavien d'Antioche, furent les premiers à diviser en deux chœurs toute l'assemblée sainte. L'Église de Constantinople suivit bientôt cet exemple, et l'occident ne tarda pas à l'imiter. Saint Augustin, témoin à Milan de cette heureuse innovation, en parle dans le 9me livre de ses *Confessions*, en termes que nous croyons devoir reproduire dans leur entier. « Que de fois, le cœur vi-
» vement ému, j'ai pleuré au chant de vos
» hymnes et de vos cantiques, ô mon Dieu!
» Oh! comme les douces voix de votre
» Église me causaient de vives émotions!
» Quand toutes ces voix pénétraient mon
» oreille, votre vérité sainte touchait mon
» cœur, et votre amour l'embrasait; c'é-
» tait pour moi une source d'affectueuse
» piété, de larmes et de bonheur. Il n'y
» avait que peu de temps que votre église
» de Milan avait adopté ces chants en deux
» chœurs, et cet usage est observé aujour-

(1) Ad similitudinem cœlestis tonitrui amen reboat. *Hier. præf. ad Galat.*

» d'hui dans toutes nos bergeries et partout
» l'univers (1). » Ce qui a fait dire à saint Grégoire de Nazianze que rien ne ressemblait mieux au chœur des anges que toutes ces voix d'hommes et de femmes, tantôt unies, tantôt alternatives, célébrant avec une sainte émulation la gloire du Seigneur (2).

Le chant des louanges de Dieu entrait tellement dans les habitudes de la vie, que, jusques au milieu des plus pénibles labeurs, les fidèles répétaient les divins cantiques dont ils avaient fait retentir la voûte des temples. « En quelque lieu que vous alliez,
» écrivait saint Jérôme à sainte Marcelle,
» vous entendez des voix qui bénissent le
» Seigneur. Le laboureur, en conduisant
» sa charrue, entonne de joyeux *Alleluia* :
» le moissonneur, en recueillant ses ger-
» bes sous les feux du soleil, se soutient
» par le chant des psaumes ; et celui qui
» cultive la vigne, en émondant et en re-
» dressant les tiges d'un arbuste insensible,

(1) Quantum flevi in hymnis et canticis tuis suave sonantis ecclesiæ tuæ vocibus commotus acriter. Voces illæ influebant auribus meis, et eliquabatur veritas tua in cor meum ; ... et currebant lacrymæ et benè mihi erat cum eis. *S. Aug., Confess. L. IX, cap.* 6.

(2) Cernis angelicum chorum qui nunc simul nunc vocibus alternis canit. Nocturne cernis ut canat laudes Deo naturæ uterque sexus oblitus suæ. *Gregorius apud Card. Bon. de div. ps. c.* 1.

» redit au loin les phrases sublimes du
» roi-prophète (1). »

Plus tard nos plus grands rois, Charlemagne, Charles le Chauve, saint Louis, mirent, aussi bien que l'humble habitant des campagnes, un saint orgueil à chanter les louanges de Dieu. Lisez les annales du temps, et surtout les capitulaires de Charlemagne, et vous verrez ce qu'entreprit ce grand prince pour donner au chant religieux tout l'élan, toute la perfection dont il est susceptible. Avant lui, l'empereur Justinien avait inséré, dans le code célèbre qui porte son nom, des règlements qui prouvent l'importance qu'il attachait à cette partie du culte divin (2).

L'empressement général à célébrer le nom du Seigneur, à prendre part aux cérémonies de l'Église, n'avait rien de singulier dans ces siècles de foi. Peintres, sculpteurs, tous voulaient parler à Dieu; et l'Église, qui dans tous les temps dirigea les arts vers la source commune du bien, pouvait-elle oublier le chant dont les ra-

(1) Quocùmque te vertis, arator stivam tenens alleluia decantat, sudans messor psalmis se evocat, et curvâ attolens vitem falce vinitor aliquid Davidicum canit. Hæc sunt in provinciâ nostrâ carmina. Hæc, ut vulgò dicitur, amatoriæ cantationes, hic pastorum sibilus, hæc arma culturæ. (*Hier.*, *epist.* 17 *ad Marcell*).

(2) Tit. de episc. et cler. *Lib.* 42, parag. X.

pides émotions atteignent jusqu'à cette ligne invisible dont parle l'Apôtre, et qui unit le corps à l'esprit?

Aussi, à côté de la maison de Dieu, à côté de la résidence des hommes vénérables appelés à l'honneur d'un service quotidien dans la science et la prière, elle plaçait toujours une maîtrise, où les connaissances musicales grandissaient sous la garde du recueillement et de l'étude. Gerson, le célèbre chancelier de l'Université, voulut se charger lui-même de la direction des jeunes élèves de la cathédrale de Paris. Dans un règlement écrit de sa main, il fixe l'heure, la forme de leurs études, et jusqu'aux aliments propres à conserver leurs voix. Et ne trouvons-nous pas, dans les annales de nos églises, le titre de grand-chantre inscrit le premier sur la liste des dignitaires de nos plus vieilles collégiales?

Le chant de l'Eglise ainsi compris, ainsi enseigné, revêtit chaque jour plus de grandeur, plus de dignité. Une nouvelle beauté était donnée à la psalmodie, qui n'en devint que plus populaire. Jours bénis, où ne retentissaient, au milieu de nos villes et de nos campagnes, que des chants de reconnaissance et d'amour! où tous les lieux éclairés par l'Evangile devenaient comme un vaste temple, dans lequel les hommes offraient à Dieu, avec l'effusion d'une âme attendrie, leurs vœux et leurs adorations!

En évoquant les souvenirs de notre enfance, il nous semble avoir aperçu comme un reflet consolateur de ces siècles de foi. L'Eglise sortait de ses longues épreuves; la houlette pastorale était portée par de saints vieillards qui revenaient de leur exil volontaire, la tête ceinte de la couronne des confesseurs. Qu'ils nous parurent ravissants les accents d'un peuple qui retrouvait son temple, ses pontifes et ses prêtres! Comme il fut beau, avec quel enthousiasme il fut chanté, ce premier *Te Deum* qui suivit l'ouverture solennelle de nos églises!

Nous n'avons, dans le cours de notre vie, rencontré qu'une seule circonstance qui nous rappelât les impressions de cet heureux jour: c'est lorsque, célébrant pontificalement les saints mystères, il y a quatorze ans, dans la cathédrale de Mayence, nous entendîmes cinq mille voix d'hommes et de femmes chantant avec nous le symbole de Nicée. L'orgue ne cherchait pas à dominer cette masse imposante de voix; il semblait plutôt les accompagner, avec une respectueuse et éloquente timidité.

Hélas! N. T.-C. F., pourquoi laissons-nous perdre de telles habitudes! Je sais bien qu'on a eu le triste courage de dire que les fêtes religieuses n'étaient bonnes qu'à détourner le peuple de ses travaux. Le philosophe de Genève a répondu, avant moi, que c'était là une maxime fausse et barbare, et que, si on voulait rendre l'homme actif et laborieux, il fallait multiplier les cérémonies de l'Eglise, seules capables de lui faire aimer son état. Des jours ainsi perdus feront mieux valoir les autres. Tant pis, ajoutait-il, si le peuple n'a de temps que pour gagner son pain : il lui en faut encore pour le manger avec joie ; les fêtes religieuses lui procurent cette jouissance.

Je sais aussi que le respect humain et l'ignorance des choses de Dieu sont pour beaucoup dans cette apathie déplorable, dans cette absence de manifestation publique des pratiques de notre foi. Et ne trouvez pas mauvais, N. T.-C. F., si je vous conduis, pour votre instruction, à une école certes bien extraordinaire ; car ce sont de pauvres sauvages que je vais vous donner pour précepteurs et pour modèles.

Le pieux et savant écrivain à qui nous devons l'histoire de notre immortel prédécesseur raconte que Mgr de Cheverus, pendant l'une de ses courses apostoliques dans le Nouveau-Monde, pénétra dans l'épaisseur d'une immense forêt. Dans l'absence de tout chemin tracé, il fallut s'ouvrir un passage à travers des broussailles et des épines. Le saint missionnaire marchait depuis plusieurs jours, sous la conduite d'un guide expérimenté, lorsqu'un matin (c'était le dimanche), grand nombre de voix, chantant avec ensemble et harmonie, se font entendre dans le lointain. Mgr de Cheverus écoute, s'avance, et, à son grand étonnement, il discerne un chant qui lui est connu, la *Messe Royale* de Dumont, dont retentissaient nos églises de France à l'époque où il dut s'exiler de la terre natale.

Quelle aimable surprise, et que de douces émotions son cœur éprouva! Il trouvait à la fois dans cette scène l'attendrissant et le sublime; car quoi de plus attendrissant que de voir un peuple sauvage, qui est sans prêtre depuis cinquante ans, et qui n'en est pas moins fidèle à solenniser le jour du Seigneur? Quoi de plus sublime que nos chants sacrés, présidés par la piété seule, retentissant au loin dans une immense et majestueuse forêt, redits par tous les échos, en même temps qu'ils étaient portés au ciel par tous les cœurs (1)!

Je vous laisse maintenant juger, N. T.-C. F., des cruels mécomptes que le prélat dut éprouver en revoyant sa patrie. Hélas! s'il ne trouva plus nos églises déshéritées

(1) *Vie de Mgr le cardinal de Cheverus*, page 69; édit. in-8° de 1841.

de la pompe du culte catholique, n'est-il pas vrai qu'en parcourant vos villes et vos campagnes, il rencontra un peuple qui se faisait représenter, dans l'accomplissement du plus touchant des devoirs, par quelques enfants qui, eux aussi, après les jours de l'adolescence, abandonneraient, avec les chants de l'Église, toutes les habitudes de la foi?

Ce fut sa douleur, et c'est encore la nôtre. Rendons à la religion son ancien empire sur les intelligences et sur les cœurs, et elle ramènera les goûts et les impressions qui l'accompagnaient autrefois. Les sentiments, quand ils sont vrais, trouvent d'eux-mêmes leur expression. C'est le cœur qui prie, c'est le cœur qui chante, a dit saint Augustin. On chantait, parce qu'on croyait, parce qu'on aimait (1).

Sans doute que, dans plusieurs de nos églises, les cérémonies se font avec pompe, le chœur est pourvu de quelques voix justes et sonores; malgré tout cela, il y a un vide immense à combler. La réunion des fidèles dans le temple a pour but principal d'adresser en commun des prières et des louanges au Seigneur : l'accord des voix de tout âge, de tout sexe et de tout rang, confondues dans une sublime égalité, for-

(1) Cantare et psallere negotium esse solet amantium. *Saint Augustin, sermon* 33.

ment le complément majestueux de notre culte. C'est ce que le poète Venance célébrait au sixième siècle, lorsqu'il s'écriait dans son éloge de saint Germain :

Pontificis monitis clerus, plebs psallit et infans.

Mais, sans cette participation générale, tout devient froid ; chaque personne paraît isolée dans la foule, la communion des fidèles ne semble plus exister. Les chants en usage depuis si longtemps dans l'Eglise ont été créés pour être exécutés par les masses ; ils nous viennent du moyen âge et de tous ces siècles franchement pieux ; ils sont l'accent naturel de la croyance : et de même qu'il existe une architecture exclusivement chrétienne, de même il y a une musique exclusivement religieuse. C'est une musique à la portée de tous. Un chant auquel un ignorant, un vieillard, une femme, un enfant, ne sauraient prendre part, et que ne peuvent faire vibrer, dans nos temples, les mille voix de l'assemblée entière, ne saurait atteindre son but. Le chant de l'Eglise n'est majestueux, n'est efficace, qu'autant que des voix nombreuses s'unissent pour l'exécuter.

Il ressort de cet ensemble un effet sublime, comme le bruit de la mer qui gronde et du tonnerre qui éclate. Trouvez quelque chose de plus beau, de plus attendrissant, que toutes les voix des membres de l'Archiconfrérie de Notre-Dame des Victoires, ou des Associés à l'Œuvre de saint François Xavier, remplissant, chaque soirée du dimanche, plusieurs des églises de la capitale.

Nous savons qu'on veut du progrès, de la poésie partout ; mais qu'on n'oublie pas que ce qu'il y a d'essentiellement poétique dans notre culte, c'est l'unité et l'invariabilité de ses ornements, de sa langue, de sa musique. S'il faut au catholicisme nos grandes basiliques aux vitraux sombres et aux murs élevés, il lui faut aussi ses chants graves, ses chants populaires, la voix de tous pour les remplir.

La capitale vient de nous en fournir un bel exemple dans les deux cérémonies qui ont eu lieu, au mois de novembre, dans la Sainte-Chapelle, où nos vieux chants d'église ont repris la place que nous n'aurions jamais dû leur laisser perdre. Nous sommes encore sous l'impression d'admiration et de bonheur que produisirent sur nous ces strophes composées dans le temps même où s'élevait l'auguste sanctuaire que l'on rendait si solennellement à la religion et aux arts. Le *Regnantem sempiterna*, suivi du *Patrem parit filia*, composé en 1219 par Pierre de Corbeil, archevêque de Sens, ont eu quelque chose de magique; on ne s'attendait à rien de semblable. C'était bien, selon les paroles mêmes du texte, l'émotion d'une immense assemblée rendant des actions de grâces au Roi éternel, au Juge puissant et clément qui réjouit le ciel et fixe l'attention de la terre.

Puis vint l'*Hæc est clara dies* (1), chanté par la voix la plus souple, la plus sonore que nous eussions jamais entendue. Tout le reste fut exécuté avec ensemble, et avec un grand élan, par l'assemblée entière. Lorsque l'on arriva au neume, qui en est comme l'écho, un chœur d'enfants se détacha dans le lointain, et chacun semblait chercher si ces voix argentines ne sortaient pas, comme celles d'anges invisibles, de la voûte d'or et d'azur de la Sainte-Chapelle. Jamais, a dit un de nos plus célèbres archéologues, effet plus aérien n'a été produit (2).

Nous sommes, N. T.-C. F., du petit nombre des diocèses de France qui ont conservé dans leur simplicité première les chants anciens de l'Eglise. Si fidèles que nous

(1) Hæc est clara dies, clararum clara dierum,
Hæc est festa dies, festarum festa dierum,
Nobile nobilium rutilans diadema dierum.

(2) M. Didron, secrétaire du Comité historique des Arts et Monuments, qui a écrit un admirable chapitre sur les fêtes de la Justice et de l'Industrie, à la Sainte-Chapelle.

ayons été sur ce point, nous avons toutefois subi la loi de l'indifférence, et notre prière, timide et isolée, n'arrive plus au ciel avec cet ensemble et cet enthousiasme qui animent encore les peuples franchement religieux! Dieu nous a faits ce que nous sommes, il nous a donné la parole et la voix; et nous croirions nous abaisser et nous compromettre en célébrant ses grandeurs et sa bonté!

Reprenons les habitudes de la foi; elles sont la part la plus précieuse de l'héritage de nos pères. Sachons être chrétiens, et nous saurons avouer tout haut des sentiments trop longtemps comprimés; ils monteront plus sûrement à Dieu, portés par la majestueuse voix de la prière commune; ils nous rendront dignes d'être associés un jour aux célestes intelligences (1).

Daigne le Seigneur donner force et vertu à notre parole, et réaliser pour chacun de vous la consolante promesse que saint Bernard exprime en ces termes : « Dans » les chants de l'Eglise, les âmes tristes » trouvent de la joie; les tièdes, un com» mencement de ferveur; les pécheurs, un » attrait à la componction. Quelque durs

(1) Nos autem his generibus musicæ jugiter exerceamus... Donec mereamur divinæ musicæ consortes fieri, et ad consummatissimos cum sanctis angelis hymnos elevari. *De dig. psalm.* Cap. XVI.

» que soient les cœurs de certains hommes,
» en entendant une telle psalmodie, ils res-
» sentent toujours au moins quelques mou-
» vements d'amour pour les choses de Dieu;
» il en est même à qui la mélodie des louan-
» ges divines a fait verser des larmes de re-
» pentir et de conversion ; leur chant alter-
» natif est l'image d'un concert sans fin, au
» milieu des joies d'une éternelle félicité(1). »

A CES CAUSES, NOUS AVONS ORDONNÉ ET ORDONNONS CE QUI SUIT :

ART. 1er — MM. les Supérieurs de nos grand et petit séminaires, et tous les chefs de nos établissements ecclésiastiques, continueront à regarder l'étude du chant comme un des objets les plus dignes de leur active et persévérante sollicitude.

ART. 2. — MM. les Curés ou MM. les Vicaires, dans les soirées d'hiver, et MM. les Instituteurs, dans leurs écoles, sont instamment priés de donner des leçons de plain-chant aux jeunes gens de nos parois-

(1) Cantus in Ecclesiâ mentes hominum lætificat, fastidiosos oblectat, pigros sollicitat, peccatores ad lamenta invitat. Nonnunquâm, quamvis dura sint corda secularium hominum, statim ut dulcedinem psalmorum audierint, ad amorem pietatis convertuntur. Sunt multi qui suavitate psalmorum compuncti, peccata sua lugent. *S. Bernard, op. t. II, p.* 867.

ses. Il n'est pas de localité, si circonscrite qu'on la suppose, si étrangers aux connaissances humaines qu'en soient les habitants, où l'on ne puisse trouver des enfants, des adolescents, des hommes en assez grand nombre pour chanter les louanges de Dieu.

Art. 3. — Nous désirons vivement la réalisation d'un vœu plusieurs fois exprimé par MM. les Curés, de la formation d'une école normale de chant. Toutes les paroisses pourraient y trouver les ressources dont la plupart sont malheureusement privées.

Art. 4. — Nous engageons MM. les Curés à faire chanter alternativement les hommes et les femmes pour l'office des vêpres. Nous avons admiré le bon effet produit par cette mesure, dans un grand nombre de paroisses où nous l'avons fait adopter dans le cours de nos visites pastorales.

---

ces. Il n'est pas de localité, si circonscrite qu'on la suppose, si étrangère aux connaissances humaines qu'en soient les habitants, où l'on ne puisse trouver des enfants, des adolescents, des hommes en assez grand nombre pour chanter les louanges de Dieu.

ART. 3. — Nous désirons vivement la réalisation d'un vœu plusieurs fois exprimé par MM. les Curés, de la formation d'une école normale de chant. Toutes les paroisses pourraient y trouver les ressources dont la plupart sont malheureusement privées.

ART. 4. — Nous engageons MM. les Curés à faire chanter alternativement les hommes et les femmes pour l'office des vêpres. Nous avons admiré le bon effet produit par cette mesure, dans un grand nombre de paroisses où nous l'avons fait adopter dans le cours de nos visites pastorales.

DE LA

SANCTIFICATION DU DIMANCHE.[1]

Il est écrit au commencement de nos livres saints, que Dieu avait terminé en six jours les œuvres de la création, et qu'il se reposa le septième. *Il bénit ce jour et le consacra.*

Le souvenir de ce repos du Seigneur devint une loi du culte patriarcal. Il se retrouve dans les traditions des plus anciens peuples de la terre; et Moïse, par l'ordre de Dieu, dressa un commandement exprès du repos et du service religieux du septième jour: *Souvenez-vous de sanctifier le jour du Sabbat. Vous donnerez six jours au travail et aux affaires, mais le septième jour est le repos du Seigneur votre Dieu. Vous ne ferez aucune œuvre servile pendant ce jour, ni vous, ni votre fils et votre fille, ni votre serviteur et votre servante, ni vos animaux, ni l'étranger qui est dans vos murs.*

De grandes bénédictions, même tem-

(1) Mandement de l'Archevêque de Bordeaux.

porelles, furent promises à l'observation de ce précepte, et des châtiments terribles en suivirent de près la violation. Les israélites étant encore dans le désert, un homme fut trouvé ramassant du bois le jour du Sabbat. On le conduisit devant Moïse, en présence de tout le peuple. On ne savait encore ce qu'il en fallait faire. Dieu dit à Moïse : *Qu'il meure, qu'il soit lapidé hors du camp* : tant il est vrai que la sagesse éternelle voulut imprimer une vive horreur de la profanation du jour qu'elle avait spécialement sanctifié.

A la loi de crainte succéda la loi de grâce et d'amour ; les peines rigoureuses infligées au juif charnel ne durent plus frapper le chrétien appelé par J.-C. à la liberté des enfants de Dieu.

Mais le commandement de sanctifier le jour du Seigneur demeura dans toute sa plénitude. J.-C. par ses exemples et ses leçons vint confirmer pour jamais cette loi divine ; et l'Eglise, guidée par son esprit, transporta la grave obligation du Sabbat des juifs au jour de la résurrection du Sauveur. En ce saint jour donc, jusqu'à la consommation des temps, et de toute la force de son autorité suprême, Dieu commande, Dieu exige la cessation du travail et l'assistance à la célébration des saints mystères.

La loi existe, loi la plus positive et la plus claire, loi souveraine du créateur de l'univers; impossible de la révoquer en doute. Voyez cependant comme elle s'exécute. Au jour du Seigneur nos temples souvent déserts, l'auguste sacrifice et l'instruction religieuse abandonnés, l'industrie ouvrant ses ateliers, le commerce étalant ses produits, l'homme des champs accomplissant sa tâche accoutumée, le maître vaquant à ses affaires, le serviteur à son emploi; enfin, pour de vastes cités, de populeuses campagnes, plus de jour différent des autres jours, si ce n'est que la licence et les joies brutales interrompent, à heure marquée, le travail que ne peuvent plus interrompre la loi de Dieu et son culte.

C'est ce désordre, rendu plus affligeant encore par l'habitude, qui remplit de tristesse et d'amertume le cœur du vrai chrétien. Il déplore ce mépris constant d'une institution sacrée, les desseins de Dieu méconnus, son souverain domaine repoussé et comme exilé du milieu des peuples, cette profession publique de la Religion que Dieu voulut, qu'il dut imposer à nos pères, presque entièrement abolie dans une si grande partie de notre France.

Ne pas ressentir la plus profonde douleur à la vue d'un tel outrage fait au créateur de l'univers, au maître de la nature, au sauveur de nos âmes, c'est avoir abjuré tout sentiment des devoirs qu'impose à l'homme la souveraineté, la majesté de Dieu. Mais c'est aussi, par un aveuglement inexplicable, vouloir répudier toute action de la Religion sur les mœurs, sur la civilisation, sur la prospérité de l'Etat et des familles. Car, il faut bien s'en convaincre, de l'observation du Dimanche dépendent l'influence et l'existence même de la Religion tout entière.

Personne ne révoque en doute les biens de tout genre apportés au monde par le christianisme; voici comment son culte s'établit au milieu des peuples :

« A l'aube de ce jour que vous appelez
» le jour du soleil (disait aux païens l'un de
» nos premiers apologistes), les chrétiens
» des villes et des campagnes, quittant
» leurs travaux ordinaires, se réunis-
» sent dans un même lieu. Là, nous lisons
» les Evangiles ou les livres des prophètes.
» Cette lecture achevée, le prêtre qui pré-
» side l'assemblée adresse aux assistants
» un discours simple et paternel, où il s'ef-
» force de les porter à la pratique des bel-
» les leçons qu'ils viennent d'entendre. En-
» suite tout le monde se lève, et, au milieu
» du recueillement et des plus ferventes
» prières, le pain et le vin sont offerts à
» Dieu. Le célébrant continue l'action de

» grâces. Le peuple répond : *Ainsi soit-il* ; » et tous les assistants prennent part aux » divins mystères par la communion. Le » diacre porte aux absents l'offrande cé- » leste. »

Plus tard s'élève dans nos villes et dans nos campagnes cette multitude prodigieuse d'édifices sacrés où se réunira le peuple fidèle. Leurs formes augustes auront quelque chose de particulier qui les distinguera des bâtiments vulgaires. « Ce n'est (dit un » illustre écrivain) ni le palais du plaisir, » ni le palais de l'opulence. Du plus loin » que je l'aperçois, je sens s'élever en moi » des idées pieuses. Je comprends déjà que » mes regards tombent sur la maison de » recueillement et de prière. »

Et quelle institution que cet asile, ce jour, établis pour réunir le peuple, pour lui parler de Dieu, des espérances d'une autre vie, des consolations de la foi dans les maux de celle-ci ; pour l'instruire de ses devoirs et le porter à la pratique de toutes les vertus ! C'est l'institution du Dimanche, ce qui faisait dire à S. Basile : « Si l'océan est beau dans ses mouvements, » combien plus belle est cette assemblée » où les voix des hommes, des femmes et » des enfants retentissent confondues, » comme les flots qui se brisent sur le ri- » vage ! »

Quand le Dimanche est fidèlement observé, sur la surface d'un vaste pays tout s'ébranle à la fois au souvenir du Dieu du ciel et de la terre ; aux champs comme dans la cité, le vieillard et l'enfant, le serviteur et le maître, tous se rendent au lieu de l'assemblée religieuse. Là, les familles se rapprochent ; sous les yeux du Seigneur, devant la croix du Dieu d'amour, les haines s'apaisent, les liens de la charité se resserrent, les passions se calment par la prière ; dans le commun concert des louanges divines, une divine influence est répandue en commun dans les cœurs ; les mœurs ainsi s'épurent et s'adoucissent, les caractères s'humanisent, les arts même et les courages s'inspirent au génie de la foi ; et le jour consacré aux exercices publics de la Religion est de tous le plus précieux, non seulement pour la famille, mais encore pour la patrie.

C'est véritablement l'histoire des sociétés modernes civilisées par le christianisme, et c'est l'œuvre de l'institution du Dimanche. Retranchez le Dimanche, l'action du christianisme eût été nulle : ce qui a fait dire à un homme d'État bien connu, que si l'observation du Dimanche n'était que d'institution humaine, il faudrait la regarder comme la meilleure méthode qu'on eût pu inventer pour civiliser les hommes.

Je vois le peuple rangé autour de la chaire sacrée. Quelle autorité n'aura pas sur lui par son caractère, ses vertus, sa sollicitude connue pour les malheureux, par son âge quelquefois; quelle autorité, dis-je, n'aura pas le pasteur du troupeau? Peut-être il a vu naître la plupart de ceux qui l'écoutent; c'est un père au milieu de ses enfants. Dans les paroles qui sortent de sa bouche, chacun trouve les enseignements qui lui conviennent. Là, tous les vices sont combattus et toutes les vertus enseignées: le pauvre apprend à être résigné, le riche compatissant, le vieillard à sanctifier les restes d'une vie qui lui échappe; le jeune homme à se défier des illusions de son âge. Là, on ne loue, on n'estime que ce qui est bon, ce qui est honnête; on enseigne la science qui rend les enfants respectueux et dociles, les serviteurs dévoués à leurs maîtres, les époux fidèles; là seulement on sait faire aimer la doctrine qui soumet l'industrie au joug de la bonne foi, et le commerce aux lois d'une probité sévère.

Et c'est au nom de Dieu même que l'Évangile est ainsi annoncé à tous; c'est la parole et l'autorité même de J.-C. qui sollicitent et attachent les consciences.

Sous ces impressions mêmes de la foi, une hérédité de vertu s'établit. De génération en génération les leçons du Pasteur régissent le foyer domestique : d'où naissent, avec la fidélité aux devoirs religieux, tous les éléments de tranquillité et de bonheur public. Hélas ! il a fallu, N. T.-C. F., que de fortes tempêtes vinssent passer sur la société humaine pour que cette unité de famille pût être rompue. Ce serait un horrible malheur qu'elle ne dût pas reparaître. Ce serait plus qu'un malheur, ce serait un grand crime qu'il se trouvât des hommes capables de lui perpétuer des obstacles !

Mais je vois des populations inquiètes, remuantes, trop faciles et trop aveugles instruments de projets agitateurs. Parmi elles l'immoralité déborde, exerce d'épouvantables ravages ; les crimes augmentent dans une progression et une intensité effrayantes ; les liens de subordination, de morale, de toutes parts sont relâchés, dissous ; le présent, l'avenir s'offrent à nos regards sous de sombres couleurs.

Nous en gémissons du plus intime de notre âme, mais nous cessons de nous en étonner. Le jour du Seigneur est indignement violé.

Des maîtres irréligieux et cupides ordonnent au marteau de battre la pierre ou le bois, quand l'airain sacré appelle au service divin. L'ouvrier sera libre seulement pour l'heure du plaisir ou de la débauche ; il sera enchaîné quand la parole de Dieu pourrait venir frapper son cœur et ses oreilles. L'école de la vérité et des mœurs lui est interdite. Sous peine de perdre le pain qui soutient la vie, il faut qu'il renonce à sanctifier le jour du Seigneur.

Plus de sanctification du Dimanche, plus d'instruction chrétienne, plus par conséquent de règle de mœurs, plus d'habitudes religieuses, plus même de liberté d'en retenir ou d'en prendre, par l'inique tyrannie des dispensateurs du salaire.

Et si ce n'est pas toujours la force injuste qui oblige à cette apostasie pratique, l'indifférence, la mortelle indifférence, et de molles connivences, et ce laisser-aller général qui nous tue, empêchent les générations de retrouver *les sources d'eau vive qu'elles ont abandonnées en abandonnant le Seigneur*, suivant la pensée du prophète, *pour aller se creuser d'impurs réceptacles, ouverts de toutes parts, et qui ne sauraient étancher la soif qui les dévore.*

Plaie sociale immense, digne des plus graves méditations, et qui n'a son remède que dans l'observation religieuse du Dimanche!

FIN.

BORDEAUX. IMPRIMERIE D'ÉMILE CRUGY,
Rue et hôtel Saint-Siméon, 16.

pourrait venir frapper son cœur et ses oreilles. L'école de la vérité et des mœurs lui est interdite. Sous peine de perdre le pain qui soutient sa vie, il faut qu'il renonce à sanctifier le jour du Seigneur.

Plus de sanctification du Dimanche, plus d'instruction chrétienne, plus par conséquent de règle de mœurs, plus d'habitudes religieuses; plus même de liberté d'en reprendre ou d'en prendre, par l'inique tyrannie des dispensateurs du salaire.

Et si ce n'est pas toujours la force injuste qui oblige à cette apostasie pratique, c'est l'indifférence, la mortelle indifférence, et de molles connivences; et ce laisser-aller général qui nous tue, empêchent les générations de retrouver les sources d'eau vive qu'elles ont abandonnées en abandonnant le Seigneur, suivant la pensée du prophète, pour aller se creuser d'impurs réceptacles, ouverts de toutes parts, et qui ne sauraient étancher la soif qui les dévore.

Plaie sociale immense, digne des plus graves méditations, et qui n'a son remède que dans l'observation religieuse du Dimanche!

FIN.

Bordeaux. Typographie d'Émile Crugy,
Rue et hôtel Saint-Siméon, 16.

www.ingramcontent.com/pod-product-compliance
Lightning Source LLC
Chambersburg PA
CBHW061614180626
46818CB00005B/2070